Chateaux et Chatelains

LE CHATEAU DE LA MUETTE

PAR LE BARON DE L.

Prix :  **1 Franc**

PARIS
H. MOREL, ÉDITEUR
19, FAUBOURG SAINT-DENIS

1890

(7)

LE CHATEAU

DE

LA MUETTE

J PARTERRE

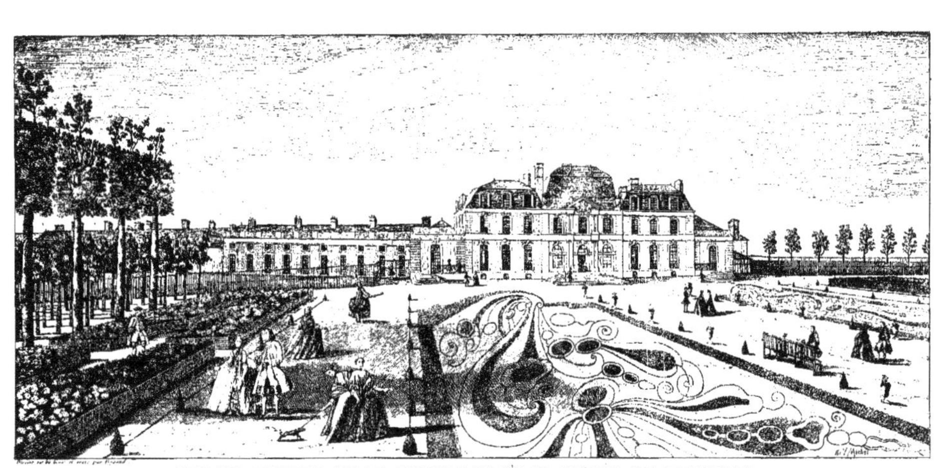

VUE DU CHATEAU DE LA MEUTTE ET D'UNE PARTIE DU PARTERRE

Chateaux et Chatelains

LE CHATEAU
DE
LA MUETTE

Par le Baron de L.

PARIS
H. MOREL, ÉDITEUR
19, FAUBOURG SAINT-DENIS

1890

LE CHATEAU
DE LA MUETTE

La prononciation d'aujourd'hui reproduit assez généralement dans les sons fondamentaux la prononciation d'autrefois, et on ne se trompe guère en articulant à la moderne, malgré son orthographe antique, un mot du vieux français. Pour rendre le son EU, il plaisait à nos pères d'écrire UE et de mettre ainsi l'E après le U. Ainsi le mot les *bues*, en dépit de l'écriture, se prononçait les *bœufs*, comme nous le prononçons aujourd'hui ; il *peut* s'écrivait il *puet*, mais la prononciation n'en a pas changé. Qu'est-ce donc que ce nom de la Muette resté en France à tant de pavillons et de rendez-vous de chasse ? — C'est tout simplement la *Meute* avec l'ancienne orthographe. Nombre de forêts destinées aux chasses royales possèdent encore des ruines de bâtiments que la tradition dit avoir servi à cet usage, et qu'on appelle la Muette.

Le château de ce nom situé à l'entrée du bois de Boulogne, qui s'appelait autrefois bois de Rouvray, et sur le territoire de l'ancien village de Passy, actuellement XVIe arrondissement de Paris, occupe l'emplacement d'un ancien rendez-vous de chasse, et confirme par sa dénomination ce que nous venons d'exposer.

On ne connaît pas d'autre habitation royale à Passy, et, comme, parmi les ordonnances de Charles IX, il s'en trouve une datée de Passy-lez-Paris, il ne serait pas impossible qu'elle l'eût été pendant un séjour momentané du monarque à la Muette, quoique ce ne soit qu'un simple rendez-vous de chasse « à l'entrée du

« bois de Boulogne, avec tout le bois de-
« vant et un grand et beau jardin der-
« rière ».

La Muette fit partie du domaine de Marguerite de Valois, première femme de Henri IV. Cette princesse, fille de Henri II et de Catherine de Médicis, était née le 14 mai 1553, et fut mariée à Paris, le 18 août 1572, à Henri, roi de Navarre, qui fit plus tard annuler son mariage ostensiblement pour cause de consanguinité et de défaut de consentement, mais en réalité pour cause de stérilité.

Malgré cette séparation, prononcée le 17 novembre 1599 par sentence des commissaires du pape Clément VIII, Marguerite conserva jusqu'à sa mort le titre de reine.

Les galanteries de la reine Margot, c'est ainsi qu'on la désignait vulgairement, ont défrayé les chroniques du temps. Si elle prêtait un peu de ce côté à la médisance, elle prêtait plus encore à la plaisanterie par les originalités de ses costumes. Tallemant des Réaux nous dit : « Elle faisoit faire ses quarrures et ses corps de juppe beaucoup plus larges qu'il ne falloit, et les manches à proportion.

Pour se rendre de plus belle taille, elle faisoit mettre du fer-blanc aux deux côtés de son corps pour élargir la quarrure. Il y avoit bien des portes où elle ne pouvoit passer. Elle avait un moule un demi-pié plus haut que les autres et estoit coiffée de cheveux blonds d'un blond de filasse blanchie sur l'herbe ; elle avait été chauve de bonne heure. Pour cela, elle avoit de grands valets de pié blonds que l'on tondoit de temps en temps. »

Mais ses excentricités ne dépassaient point les choses de la galanterie ou de la toilette. Sur tout le reste, elle était fort raisonnable et même d'un sérieux à en imposer aux rieurs et aux médisants. Sa grande distraction à table était d'entendre discourir des lettrés et des savants.

Autant elle porta haut le sentiment de sa propre dignité et de l'honneur de la couronne en se refusant énergiquement à la dissolution de son mariage pour les beaux yeux de Mme de Beaufort, autant elle se montra docile, empressée même, lorsqu'il fut question de lui substituer une fille née sur le trône. Sa tendresse pour le jeune dauphin fils de Henri IV et de Marie de Médicis démontre bien qu'elle possedait le sens politique et se pliait aux nécessités d'État. « Ah ! qu'il est beau, » s'écria-t-elle en voyant le dauphin, lorque Souvré, son gouverneur, et Pluvinel, premier écuyer, le lui présentèrent pour la première fois, « Ah ! qu'il est bien fait ! que « le Chiron est heureux qui élève cet « Achille ! »

En reconnaissance de cette abnégation, le roi la traitait avec les plus grands égards et lui rendait fréquemment visite.

Marguerite existait encore au moment de l'assassinat de Henri IV. Elle assista quatre ans après à la déclaration de majorité du jeune roi, et lui fit, à cette occasion, une donation en règle de tous ses biens. C'est ainsi que, le 27 mars 1615, après la mort de cette princesse, le roi Louis XIII se trouva possesseur du rendez-vous de chasse de la Muette.

Tout le bois de Boulogne relevait de la capitainerie des chasses et des plaines des environs. Catelan en fut investi sous Louis XIV, et voulut faire sa résidence à la Muette. Il y éleva, par ordre et aux frais du roi, des constructions importantes. C'est le Castellan (*sic* Mme de Motteville) qui avait, de concert avec le lieutenant-général du

Plessis-Praslin, arrêté le duc de Bouillon, par ordre du cardinal de Richelieu.

Catelan vendit sa charge au directeur des finances d'Armenonville. Ce financier, appelé Joseph-Jean-Baptiste Fleuriau d'Armenonville, descendait d'une famille de commerçants dont la maison était connue à Tours sous le nom de Cie Bonneau, Bouchaudet Fleuriau. Son père, Charles Fleuriau, venu à Paris en 1634, s'était intéressé dans les fermes, puis, après s'être rendu acquéreur d'une charge de secrétaire du roi, avait obtenu la main d'une fille du président Lambert de Thorigny : elle se nommait Marie-Marguerite.

Tels furent les débuts de cette famille qui devait jeter plus tard un certain éclat. Une fille du secrétaire du roi, Marguerite Fleuriau, veuve de Jean de Fourcy, conseiller au grand Conseil, s'étant remariée au contrôleur général Le Pelletier, celui-ci facilita une charge d'intendant des finances à son beau-père, lequel était directeur en 1702. C'est alors qu'il traita avec Catelan et s'installa à la Muette.

Il n'est pas sans intérêt de rappeler ici ce qu'en dit Saint-Simon :

« C'étoit un homme léger, gracieux, respectueux quoique familier, toujours ouvert, toujours accessible, qu'on voyoit peiné être obligé de refuser et ravi de pouvoir accorder, aimant le monde, la dépense et surtout la bonne compagnie, qui étoit toujours nombreuse chez lui. Il étoit frère très disproportionné d'âge de la femme de Pelletier le ministre d'État, qui l'avoit fait intendant des finances pendant qu'il étoit contrôleur général. Outre cet accès et la faveur publique, Saint-Sulpice le portoit auprès de Mme de Maintenon à cause du Supérieur de tous ses séminaires, qui étoit fils de Pelletier le ministre, et il avoit auprès du roi le crédit des Jésuites, à cause du Père Fleuriau, son frère, qui l'étoit. »

Le lundi 5 septembre 1707, c'était grande fête à la Muette; voici ce qu'en dit Dangeau : « Mgr le duc de Bourgogne et Mme la duchesse de Bourgogne allèrent se promener l'après-dînée au bois de Boulogne, à cheval, avec beaucoup de dames. Il y vint un nombre infini de carrosses de Paris pour voir la cavalcade. Dès que la nuit fut venue, ils entrèrent à la Meute chez M. d'Armenonville, où il y eut un souper magnifique pendant lequel Mme d'Armenonville servit toujours Mme la duchesse de Bourgogne. Il y eut des hautbois; on dansa fort. Il y eut une illumination dans la cour et dans les jardins et beaucoup de belles fusées; la fête fut fort agréable et ils ne revinrent ici (à Versailles) qu'à deux heures du matin. »

Le *Mercure de France,* de son côté, nous donne une description de la fête : « M. d'Armenonville ayant fait de grands embellissements au bois de Boulogne depuis qu'il en est capitaine, et ayant aussi rendu le château de la Muette, qui lui sert de logement en cette qualité, une des plus agréables maisons des environs de Paris, et Mgr le duc et Mme la duchesse de Bourgogne en ayant ouï parler comme d'un lieu qui méritoit d'être vu, résolurent d'y aller sans en avertir M. d'Armenonville qui, de son côté, se doutoit qu'il auroit un jour l'honneur de recevoir cette auguste compagnie dans cette agréable maison. Il ne se trompoit pas, et, ayant su qu'elle étoit en chemin pour s'y rendre, il alla les recevoir à la porte du parc appelée Porte verte. Mme la duchesse de Bourgogne se promena longtemps dans ce parc en habit d'amazone, accompagnée d'une vingtaine de dames, dont les plus jeunes étoient aussi vêtues en amazones, et l'on se rendit ensuite au château de la Meute, d'assez bonne heure pour en voir les appartements. M. et Mlle d'Armenonville, pour répondre à l'honneur qu'ils recevoient, trouvèrent le moyen, malgré la brièveté du temps, de faire préparer un magnifique ambigu, dont la délicatesse des mets et la beauté des fruits répondoient à leurs soins et à l'ardent désir qu'ils avoient que ce repas pût être digne des augustes personnes pour lesquelles ils l'avoient fait préparer.

« Comme ils n'avoient pas prévu que la compagnie dût être si nombreuse, la table n'était que de quinze couverts. Il y avoit une seconde table pour les seigneurs qui accompagnoient Mgr le duc de Bourgogne, et, comme toutes les dames ne purent trouver place à la première table, il y en eut plusieurs qui se placèrent à la seconde, ce qui fut cause que beaucoup d'officiers n'y purent avoir place, et, M. d'Armenonville s'en étant aperçu, il en fit servir une troisième dans son cabinet. Comme il fallut employer un peu de temps à préparer ces tables, les hautbois jouèrent pendant cet intervalle, durant lequel Mme la duchesse de Bourgogne dansa avec les jeunes dames de sa suite. On se mit à table à huit heures. Mgr le duc et Mme la duchesse de Bourgogne furent servis par M. et Mme d'Armenonville. Pendant le souper on illumina la cour, afin que la compagnie fût éclairée lorsqu'elle sortiroit. Le repas fini, Mme la duchesse de Bourgogne reprit la danse afin de donner un air de fête à la réception qui lui avoit été faite, et M. d'Armenonville, voulant marquer la joie qu'il ressentait de ce que cette réception avoit été agréable aux augustes personnes qui lui avoient fait l'honneur de venir chez lui, fit tirer de très belles fusées volantes dont il avoit fait provision dans la pensée qu'il pourroit un jour recevoir l'honneur qu'il reçut ce jour-là. La danse finit à une heure après minuit, et toute la compagnie retourna à Versailles éclairée par un grand nombre de torches. »

La rentrée en grâce de M. Desmarets et sa nomination au contrôle général des Finances portèrent un coup fatal à M. d'Armenonville, en entraînant la suppression des directeurs. Mais, comme il fallait alors rétablir les deux charges d'intendants, le prix de l'une d'elles lui fut attribué en compensation. C'était maigre. Afin de compléter l'indemnité dans des conditions honorables, le roi érigea pour lui une nouvelle capitainerie du bois de Boulogne avec jouissance du château de la Muette et d'une pension de douze mille livres, plus la survivance pour son fils. Il lui conserva en outre son logement au palais de Versailles, mais sans autre fonction que celle de Conseiller d'État. « Ce pauvre homme, dit Saint-Simon, si entêté du monde et de la cour, vit disparaître en un moment celle qui remplissait ses antichambres, congédia ses bureaux et nettoya son cabinet de papiers de finance pour y faire place aux factums des plaideurs. »

Quelque étourdi qu'il ait pu être de ce coup de foudre, M. d'Armenonville le supporta avec la résignation d'un sage et la dignité d'un grand esprit. Sa gestion avait été celle d'un honnête homme, et ses ennemis mêmes ne tardèrent pas à lui rendre justice. Dans le public on le regretta, tant à cause de son aménité que de sa probité.

Il vivait confiné à la Muette, lorsque la

mort de Louis XIV le rappela sur la scène politique. Son ami le duc de Saint-Simon s'étant déclaré son protecteur auprès du Régent, ce prince, qui, d'ailleurs, aimait à rapprocher de lui les mécontents ou les délaissés du régime précédent, le nomma secrétaire d'État des Affaires étrangères au mois de janvier 1716. Ce n'était à la vérité qu'une satisfaction d'amour-propre pour le titulaire, puisque cette charge l'obligeait à tenir compte d'une somme de 400,000 liv. dont le chancelier Voisin avait un brevet de retenue.

Cette nomination donna lieu à un assez curieux incident dans le Conseil d'Etat. Par droit d'ancienneté, M. d'Armenonville touchait presque au décanat, dont les honneurs et les profits n'étaient point à dédaigner, et il était d'âge et de santé à jouir longtemps de ces avantages. Cela gênait les compétitions des autres anciens, et l'on imagina pour l'évincer une incompatibilité entre les deux fonctions de secrétaire d'Etat et de conseiller d'Etat. La solution devant faire planche pour l'avenir, vieux et jeunes y trouvaient, quoique à des degrés différents, le même intérêt, et, d'une commune voix, on chanta pouille au gênant. Beaucoup de bruit pour rien. On eut beau députer au Régent, présenter des mémoires, solliciter les membres du conseil de régence et l'ancien évêque de Troyes, chargé par le duc d'Orléans d'y rapporter l'affaire, bien défendue d'ailleurs par M. d'Armenonville, ce dernier y gagna son procès à l'unanimité.

Comme la secrétairerie n'était en fait qu'une sinécure, il put, comme auparavant, s'adonner tout entier à ses devoirs de conseiller d'Etat, et devint peu après doyen du Conseil.

Mme d'Armenonville mourut le 26 novembre 1716, à l'âge de 56 ans.

Le bon air du bois de Boulogne n'avait pu la préserver de l'épidémie de la petite-vérole, qui fit cette année-là des ravages à Paris et aux environs.

Elle se nommait Jeanne Gilbert, et était fille de Charles Gilbert, secrétaire du Roi, et de Marguerite Robert. Elle avait eu un fils et trois filles : Charles-Jean-Baptiste Fleuriau, seigneur d'Armenonville, comte de Morville, qui fut chevalier de la Toison d'Or, membre de l'Académie et ministre des Affaires étrangères; 2° Marie-Jeanne, mariée à Jean de Gassion, lieutenant général des armées de S. M. ; 3° Marie-Thérèze, mariée à Henry Fabry de Moncault, brigadier des armées du Roi.

Après la mort de Louis XIV la duchesse de Berri, fille du Régent, s'était empressée de prendre pour résidence le palais du Luxembourg, qui se prêtait à ses goûts de luxe et de représentation ; mais il fallait aussi à cette princesse une retraite en dehors de la vie officielle et destinée à être l'asile mystérieux de ses plaisirs intimes. La Muette lui souriait; mais il fallait en déposséder le capitaine des chasses. Le Régent, toujours indulgent pour les caprices de sa fille, consentit à l'arrangement qu'on lui proposa. En conséquence M. d'Armenonville fut prié de s'installer au château de Madrid, qu'on répara à son gré. Comme il ne semblait pas s'exécuter de bonne grâce, on en eut raison en lui assurant cette résidence par une nouvelle confirmation de sa capitainerie avec survivance pour son fils. On ajouta, et c'était le plus important, un brevet de retenue de 400.000 livres sur sa charge de secrétaire d'Etat.

M. d'Armenonville fut fait grand-croix et secrétaire de l'Ordre militaire de Saint-

Louis au mois d'avril 1719, créé garde des sceaux le 28 février 1722, grand trésorier des Ordres le 29 mars 1724. Il mourut au château de Madrid le 27 novembre 1728, et fut inhumé à Saint-Eustache.

Aucun lieu n'était plus propre que la Muette à sa nouvelle destination : aussi son hôtesse s'y plut-elle extrêmement. « Cette princesse, dit le journal de Verdun, « en fait sa maison de campagne et y va « souvent passer les après-dinées avec sa « nombreuse cour, d'où elle ne revient au « Luxembourg que fort avant dans la « nuit. »

Esquissons le portrait de cette duchesse de Berri qui a fait tant de bruit dans l'espace d'une très courte existence. Elle était grande et bien prise dans sa taille, quoique sans distinction. Sa figure ne laissait pas que d'être agréable et ses yeux eussent passé pour beaux sans une fixité de regard qui troublait et donnait le frisson. Elle était spirituelle au delà de toute idée, et parlait avec une facilité et une justesse d'expression qui vous tenaient pour ainsi dire suspendu à ses lèvres. Malheureusement l'effet de ces qualités était détruit par des instincts vicieux et une éducation déplorable et par un tel manque de jugement qu'elle faisait facilement parade de vices, les prenant pour des vertus. Hautaine jusqu'à prétendre aux honneurs des têtes couronnées, haineuse pour qui l'avait obligée, irréligieuse jusqu'au scepticisme, intempérante jusqu'à l'orgie, on peut dire que à l'avarice près, c'était un modèle de tous les vices, modèle d'autant plus dangereux qu'elle l'encadrait des séductions de la beauté et des ressources de l'art. Parmi les plus favorisés de ses adorateurs, le plus en évidence fut le comte de la Haye de Riou, cadet de Gascogne qu'on appelait le beau La Haye, et dont elle avait fait un lieutenant de la compagnie des gardes que le Régent, toujours soumis à ses caprices, avait eu la faiblesse de lui accorder. C'est pour cet amant qu'elle se fit peindre dans un tableau représentant l'enlèvement d'Europe : le taureau détournant sa tête de côté pour baiser le pied nu d'Europe. Mme de Genlis parle dans ses mémoires de ce tableau qu'elle se rappelle avoir vu dans les petits appartements du duc d'Orléans, petit-fils du Régent. C'est par Madame de Montesson qu'il était ainsi arrivé au Palais-Royal.

En peu d'années son embonpoint prit un développement excessif et sa santé minée par les excès s'altéra. Ce fut alors le moment des retours sur soi-même et elle se prit à s'épouvanter de l'Enfer. Pour légitimer ses amours, elle se maria avec le comte de Riou — mariage secret, bien entendu — et se jeta à certains jours dans toutes sortes de pratiques d'une dévotion exagérée. Ainsi nous lisons dans une lettre écrite de Saint-Cyr le 1er juin 1718 par Madame de Maintenon à sa nièce Madame de Caylus: « J'ai vu une lettre de Vieillenne « qui donne de grandes espérances de la « conversion de Madame la duchesse de « Berry et sa réconciliation avec les dames « disgraciées m'impose plus que la cellule « qu'elle fait faire aux Carmélites, où elle « veut coucher. » Elle se fit en effet arranger au couvent des Carmélites une cellule où elle se retirait lorsqu'elle était lasse de péché. Un jour, après une longue retraite suivie d'une communion, elle n'est pas plus tôt sortie de l'église qu'elle remet à Madame de Monchy, sa dame d'honneur, une lettre pour le comte de Riou : celle-ci recule de surprise et d'effroi ; mais la princesse remarque son mouvement, la rappelle, pousse de grands cris, pleure, gémit et lui avoue que le comte est son époux.

En 1718 elle eut envie de Meudon et l'obtint du Régent, en échange du château d'Amboise, que lui attribuait son contrat de mariage. Cette espèce de présent ne laissa pas que de faire du bruit. Elle en donna le gouvernement au comte de Riou. Mme de Monchy dit que, de ce moment, elle ne douta plus de ce que lui avait dit la duchesse de Berry de son mariage secret avec lui.

Le Luxembourg, Meudon et la Muette étaient successivement le théâtre des extravagances de la princesse, mais la Muette avait sa prédilection pour les jours de haute liesse. Là, elle n'avait plus de retenue. Caressante syrène ou impétueuse bacchante selon le caprice du jour, tout rôle lui était bon qui servait ses ardeurs. Son seul guide était la passion, son unique frein la satiété. Tout contrastait dans sa vie. Tantôt en présence de ce père que l'impitoyable calomnie prétendait idolâtre des belles mains de sa fille, elle émerveillait à force de coquetterie raffinée, d'esprit fin, de langage élégant, les aimables épicuriens des petits soupers du Palais-Royal ; tantôt, chez elle, à la Muette, en compagnie plus que douteuse, attablée entre un soudard aviné et un prêtre crapuleux (c'est Saint-Simon qui le dit), elle envoyait aux échos du bois de Boulogne des refrains obscènes et des clameurs bachiques.

Un témoignage matériel de ses débauches se manifesta. Elle devint grosse du comte de Riou et accoucha en 1719 au palais du Luxembourg. Cet accouchement, dit Saint-Simon, « mal préparé par les soupers continuels fort arrosés de vins et de liqueurs les plus fortes, devint orageux et promptement dangereux ; elle manqua mourir. » La fille qu'elle mit au monde fut d'abord confiée à Mme de Monchy.

Un tel événement ne passa point inaperçu: le scandale avait été à son comble; mais de quel rire ne fut-on pas pris en voyant l'accouchée se vouer au blanc pour six mois. En même temps elle partit pour Meudon au mois de mars. « Mme de Berry, écrit Mme de Caylus, est à Meudon avec son vœu et son M. de Riou. »

Furieux et surtout humilié du scandale causé par les couches de sa fille et plus encore de la volonté qu'elle manifestait de déclarer son mariage, le Régent se décida enfin à un acte de rigueur. Sous prétexte du rassemblement des troupes à la frontière d'Espagne, il fit donner au comte de Riou l'ordre de rejoindre tout de suite son régiment à l'armée du duc de Berwick. On raconte à ce sujet que le duc de Lauzun, parent de cet officier, le voyant partir en assez mince équipage, lui dit en souriant: « Mon cousin, lorsque je couchais au Luxembourg, mes housses étaient brodées d'or à deux endroits ».

Dans le premier moment, la duchesse se récria sur la cruauté qu'on avait de lui enlever son cher époux, mais au bout de quelques jours elle se consolait. Disons toutefois à sa louange, qu'elle prit elle-même des mesures, et à l'insu de son entourage ordinaire pour qu'on ne pût faire disparaître sa fille. Mlle de Monchy assure naïvement que, des gens inconnus s'étant présentés pour la réclamer, elle courut tout épouvantée avertir la duchesse, qui, sans se lever de sa table de jeu et sans donner d'ordre écrit, lui répondit à deux reprises : « Laissez-les faire ».

Croirait-on que cette femme s'illusionnait au point de trouver étrange qu'on osât s'occuper de sa conduite? On ne devrait jamais, disait-elle, parler d'une femme de son rang, pour blâmer quelque acte de sa vie publique et à plus forte raison de sa vie privée. Aussi s'irritait-elle contre tout le monde, comme si on eût violé en sa personne un droit sacré, et commis vis-à-vis d'elle le manque de respect le plus criminel et le plus impardonnable.

Le vide qui s'était fait autour de sa personne commençait à lui rendre insupportable le séjour de Meudon, lorsqu'elle tomba gravement malade à la suite d'un souper qu'elle eut l'imprudence de donner à son père en plein air. Elle se fit alors transporter à la Muette, « couchée entre deux draps, dans un grand carrosse, le dimanche 14 mai 1719 ». Elle ne s'y trouva point soulagée; le mal suivit son cours, les accidents se multiplièrent et les souffrances devinrent intolérables. Cependant, jusqu'au commencement de juillet tout espoir ne semblait point perdu, lorsque la fièvre prit tout-à-coup une intensité telle que, dans la nuit du 14, on crut devoir prévenir le duc d'Orléans au Palais-Royal. Des saignées au bras et au pied furent pratiquées le lendemain sans grand succès, et l'on manda le cordelier son confesseur ordinaire. Quelques jours après, elle manifesta le désir de recevoir les sacrements. Un instant avant que l'abbé de Castries, son aumônier les lui administrât, elle appela le Régent près de son lit, et lui parla si bas, que Mme de Monchy qui se trouvait un peu à l'écart; ne put l'entendre mais « elle ouit fort bien qu'après cette conversation le Régent s'écria: «Que me dites-« vous là, ma fille? » Il parut fort ému et se promena dans l'appartement, avec un silence et une précipitation qui montraient son étonnement et son inquiétude.

Enfin la malade reçut les sacrements à portes ouvertes, et parla aux assistants de sa vie et de son état, mais en reine de l'un et de l'autre. Après que ce spectacle fut fini, et qu'elle se fût renfermée avec ses familiers, elle s'applaudit avec eux de la fermeté qu'elle avait montrée, et leur demanda si elle n'avait pas bien parlé et si ce n'était pas mourir avec grandeur et avec courage.

Dans cette extrémité où les médecins ne savent plus que faire, on a recours à tout. L'élixir d'un nommé Garus passait alors pour une panacée universelle. Garus est mandé et trouve l'état de la malade trop grave pour répondre du succès. Cependant l'élixir réussit à merveille. « Il ne s'agissait plus que de continuer, dit Saint-Simon. Sur toutes choses Garus avait demandé que rien, sans exception, ne fût donné à Mme la duchesse de Berry que par lui, et cela même avait été très expressément commandé par M. le duc et Mme la duchesse d'Orléans. Mme la duchesse de Berry continua d'être de plus en plus soulagée et si revenue à elle-même que Chirac craignit d'en avoir l'affront. Il prit son temps que Garus dormait sur un sofa, et avec son impétuosité présenta un purgatif à Mme la duchesse de Berry, qu'il lui fit avaler sans en dire mot à personne et sans que deux garde-malades, qu'on avait prises pour la servir, et qui seules étaient présentes, osassent branler devant lui. L'audace fut aussi complète que la scélératesse, car M. le duc et Mme la duchesse d'Orléans étaient dans le salon de la Muette. De ce moment à celui de retomber pis que l'état où l'élixir l'avait tirée, il n'y eut presque pas d'intervalle. Garus fut réveillé, rappelé. Voyant ce désordre, il s'écria qu'on avait donné un purgatif qui, quel qu'il fût, était un poison dans l'état de la princesse. Il voulut s'en aller, on le retint, on le mena à M. le duc et à Mme la duchesse d'Orléans. Grand vacarme devant eux, cris de Garus, impudence de Chirac et hardiesse sans égale à soutenir ce qu'il avait fait. Il ne pouvait le nier, parce que les deux gardes avaient été interrogées et l'avaient dit. Mme la duchesse de Berry, pendant ce débat, tendait à sa fin sans que Chirac ni Garus eussent de ressource.

« Mme de Saint-Simon, voyant que la fin s'approchait et qu'il n'y avait personne à la Muette avec qui M. le duc d'Orléans fût bien libre, me manda qu'elle me conseillait d'y venir pour être auprès de lui dans ces tristes moments. Il me parut en effet que mon arrivée lui fit plaisir, et que je ne lui fus pas inutile au soulagement de s'épancher en liberté avec moi. Le reste du jour se passa ainsi et à entrer des moments dans la chambre. Le soir je fus presque toujours seul auprès de lui.

« Il voulut que je me chargeasse de tout ce qui devait se faire après que Mme la duchesse de Berry serait morte, sur l'ouverture de son corps, et le secret en cas qu'elle se trouvât grosse, sur tous les détails qui demandaient ses ordres et sa décision, pour n'être point importuné de ces choses touchantes, et de tout ce qui regardait les funérailles et les ordres qu'il y avait à donner. Il me parla avec toute sorte d'amitié et de confiance, ne voulut point qu'ensuite je lui demandasse ses ordres sur rien, et dit en passant à toute la maison de la princesse, qui se trouvait là toute rassemblée, qu'il m'avait donné ses ordres, et que c'était à moi, qu'il en avait chargé, à les donner sur tout ce qui pourrait demander les siens. Il me dit, de plus, qu'il ne comptait plus Mme de Monchy pour être de la maison, avec sa chimère de charge de seconde dame d'atours ; qu'elle avait perdu sa fille, qu'elle l'avait pillée, n'oublia pas le baguier qu'il lui avait ôté, et me chargea, conjointement avec Mme de Saint-Simon, d'empêcher qu'elle demeurât à la Muette si elle s'y présentait, encore plus de lui laisser faire aucune fonction, ni d'entrer dans les carrosses pour accompagner le corps à Saint-Denis, ou le cœur au Val-de-Grâce.

« Je proposai à M. le duc d'Orléans qu'il n'y eût ni garde du corps, ni eau bénite, ni aucune cérémonie ; que le convoi fût décent, mais au plus simple, et les suites de même, surtout qu'au service de Saint-Denis, où on ne pouvait éviter le cérémonial ordinaire, il n'y eût point d'oraison funèbre : je lui en touchai légèrement les raisons, qu'il sentit très bien, me remercia, et convint avec moi que les choses se passeraient ainsi, et que de sa part je les ordonnasse de la sorte. Je fus le plus court que je pus avec lui sur ces funèbres matières, et je le promenais tant que je pouvais de temps en temps dans les pièces de la maison et dans l'entrée du jardin, et le détournais de la chambre de la mourante autant qu'il me fut possible.

« Le soir bien avancé, et Mme la duchesse de Berry de plus en plus mal et sans connaissance depuis que Chirac l'avait empoisonnée, comme on a vu en son lieu que les médecins de la cour en firent autant au maréchal de Boufflers, en pareil cas, à Fontainebleau et avec même succès, M. le duc d'Orléans rentra dans la chambre et approcha du chevet du lit, dont tous les rideaux étaient ouverts ; je ne l'y laissai que quelques moments, et le poussai dans le cabinet où il n'y avait personne. Les fenêtres y étaient ouvertes, il s'y mit appuyé sur le balustre de fer, et ses pleurs y redoublèrent au point que j'eus peur qu'il ne suffoquât. Quand ce grand accès se fut un peu passé, il se mit à me parler des malheurs de ce monde et du peu de durée de ce qui est le plus agréable. J'en pris occasion de lui dire ce que Dieu me donna avec toute la douceur, l'onction et la tendresse qu'il me fut possible. Non-seulement il reçut bien ce que je lui disais, mais il y répondit et en prolongea la conversation.

« Après avoir été là plus d'une heure, Mme de Saint-Simon me fit avertir doucement qu'il était temps que je tâchasse d'emmener M. le duc d'Orléans, d'autant plus qu'on ne pouvait sortir de ce cabinet que par la chambre. Son carrosse était prêt, que Mme de Saint-Simon avait eu soin de faire venir. Ce ne fut pas sans peine que je pus venir doucement à bout d'arracher de là M. le duc d'Orléans, plongé dans la plus amère douleur. Je lui fis traverser la chambre tout de suite, et le suppliai de s'en retourner à Paris. Ce fut une autre peine à l'y résoudre. A la fin il se rendit. Il voulut que je demeurasse pour tous les ordres. Il pria Mme de Saint-Simon avec beaucoup de politesse d'être présente à tous les scellés, après quoi je le mis dans son carrosse, et il s'en alla. Je rendis ensuite à Mme de Saint-Simon les ordres qu'il m'avait donnés sur l'ouverture du corps pour qu'elle les fît exécuter et sur tout le reste, et je l'empêchai de demeurer dans le spectacle de cette chambre où il n'y avait plus que de l'horreur.

« Enfin, sur le minuit du 21 juillet, Mme la duchesse de Berry mourut, âgée de 24 ans. M. le duc d'Orléans fut le seul touché; quelques perdants s'affligèrent ; mais qui d'entre eux eut de quoi subsister ne parut pas même regretter sa perte. Mme la duchesse d'Orléans sentit sa délivrance, mais avec toutes les mesures de la bienséance. Madame ne s'en contraignit que médiocrement; quelque affligé que fût M. le duc d'Orléans, la consolation ne tarda guère. Le joug auquel il s'était livré et qu'il trouvait souvent pesant était rompu. Surtout il se trouvait affranchi des affres de la déclaration du mariage de Riou et de ses suites, embarras d'autant plus grand qu'à l'ouverture du corps la pauvre princesse fut trouvée grosse ; on trouva aussi un dérangement dans son cerveau. Cela ne promettait que de grandes peines, et fut soigneusement étouffé pour le temps.

« Sur les cinq heures du matin, c'est-à-dire cinq heures après cette mort, La Vrillère arriva à la Muette, où il mit le scellé en présence de Mme de Saint-Simon. Dès que cela fut fait, elle monta dans son carrosse et s'en allèrent en faire autant à Meudon et au Luxembourg, puis de là au Palais-Royal, pour en rendre compte à M. le duc d'Orléans. Après quoi Mme de Saint-Simon revint à la Muette, où une plus cruelle nuit l'attendait, par l'honneur de ses fonctions, à l'ouverture du corps, de laquelle j'allai rendre compte à M. le duc d'Orléans et de l'exécution de ses ordres. Le corps fut déposé ensuite dans la chapelle de la Muette sans être gardé, où les messes basses furent continuelles tous les matins.

« Il ne se trouva point de testament, et Mme la duchesse de Berry ne donna rien à personne. Elle jouissait de 700,000 livres de rentes, sans ce que, depuis la régence, elle tirait de M. le duc d'Orléans. »

Le Régent réclama la cassette de la princesse à Mme de Monchy, qui la lui remit, après quoi il lui demanda la petite fille confiée à ses soins. « Sur l'ordre de ma maîtresse, dit-elle, je l'ai remise à des inconnus. » Mais le Régent n'en voulut rien croire et lui ordonna de se mettre en quête pour la retrouver. Peu après l'abbé de Champigny vint lui dire au Luxembourg, où elle s'était retirée dès avant la mort de la princesse, qu'elle répondait de l'enfant sur sa tête, et enfin M. de la Vrillière, en posant les scellés, l'interrogea et la menaça de la Bastille; mais elle répondit toujours qu'aucun supplice ne pourrait lui faire révéler ce qu'elle ignorait. Elle se désespérait, lorsque le hasard vint à son aide. A peine le ministre avait-il le dos tourné, qu'une vieille fille dévote, Mlle de Beauveau, entre chez Mme de Monchy, s'informant qui paiera désormais la pension d'une fille mise dans un couvent de Paris par ordre de Mme la duchesse de Berry. On peut croire que la dame d'honneur s'empressa d'écrire le fait au Régent. Disons tout de suite que l'enfant fut envoyée à Amiens et confiée aux soins des dames de Mauroncourt, de la règle de Fontevrault, qui l'élevèrent sous le nom de Mlle Benoit, et qu'elle ne quitta cet asile que pour aller prendre le voile à Valenciennes. « Elle ressemble trait pour trait à sa mère, dit La Beaumelle, des yeux bien fendus, une bouche vermeille, des joues pendantes, un teint de lait. »

Dans la soirée du 22, le cœur de la duchesse de Berry fut porté au Val-de-Grâce par l'abbé de Castries son premier aumônier et les dames de sa maison : la duchesse de Saint-Simon, la duchesse de Louargny, la comtesse de Brassac et Mlle de La Roche-sur-Yon. Le lendemain, sur les dix heures du soir, un carrosse attelé de huit chevaux caparaçonnés sortait de la Muette, où aucune tenture n'avait attiré les regards du public. Ce carrosse portait le corps de la duchesse de Berry. L'abbé de Castries et le clergé suivaient dans une autre, et les dames dans une troisième.

Une quarantaine de pages et de gardes, tenant des torches, marchèrent de chaque côté. Le convoi traversa le bois de Boulogne, contourna Paris, gagna la campagne et entra pour ainsi dire furtivement dans l'église de l'abbaye de Saint-Denis, où il fut reçu sans aucune pompe. En septembre seulement eurent lieu le service et les cérémonies accoutumées, mais sans oraison funèbre.

Quel affreux dénouement pour Riou d'une aventure plus que romanesque, car elle touchait aux rêves les plus hardis de l'ambition. Aussi le malheureux Riou fut-il plus d'une fois sur le point de se tuer et longtemps gardé à vue par des amis « que la pitié lui fit. »

On n'a de la duchesse de Berry qu'un mauvais portrait, gravé pendant sa vie par Desrochers, et un dessin du cabinet de Fontette qui est maintenant à la Bibliothèque Nationale.

Le sort se plaît parfois à d'ironiques combinaisons : le comte de Riou, devenu quelques années après chef de sa famille, reparut sous le nom de marquis de la Haye et épousa la veuve de M. de Maizières ; il en eut une fille qui fut Mme de Montesson, épouse morganatique du duc d'Orléans, petit-fils du Régent.

Aussitôt la campagne terminée, Riou vendit son régiment et son gouvernement de Meudon.

Bientôt après la mort de sa fille, le Régent affecta la Muette à son royal pupille pour lieu de promenade et de récréation. Louis XV avait alors neuf ans.

Changeant de maître, il fallait que le château changeât aussi de gouvernement, et le comte de Riou ne demandait pas mieux que d'en traiter avec quiconque lui proposerait un accommodement. « Le duc d'Humières, raconte Saint-Simon, me parla pour Pezé (le marquis de Courtavel de Pézé). Je le lui fis donner, et il en sut tirer parti pour se rendre de plus en plus agréable au roi. Il eut aussi la capitainerie des chasses du bois de Boulogne, comme Riou avait l'un et l'autre. »

A cette occasion, le château, qui ne se composait que d'un rez-de-chaussée, subit une transformation complète. On l'augmenta d'un étage, surmonté de mansardes, et d'un corps de bâtiments de service. Le peintre Desportes, alors en grande faveur, reçut la commande de divers sujets de chasse, pour décorer les appartements, et quelques œuvres de Van der Meulen y furent aussi apportées. Les jardins et les terrasses s'accrurent aux dépens du bois, et furent ornés de nombreuses statues.

Le jeune monarque fut dans un véritable ravissement lorsqu'il se vit en pleine puissance de ce lieu enchanteur. Là, plus d'étiquette de cour. Accompagné seulement de quelques autres enfants, il y passait les heures laissées libres par les devoirs officiels ou les leçons des professeurs, et s'y livrait avec passion aux divertissements de son âge.

Sept années s'étaient écoulées dans ces plaisirs champêtres, lorsque Louis XV, déclaré majeur depuis deux ans et demi, épousa, à Fontainebleau, la douce Marie Leczinska, le 5 septembre 1725.

On comprend qu'un mari de quinze ans dut être fort épris de sa femme : aussi raconte-t-on que M. de Pecquigny, capitaine-lieutenant des chevau-légers, cherchant un jour à fixer les regards du Roi sur quelque minois enchanteur, Louis XV répondit ; « Je trouve la reine encore plus belle ». Mais, après sept ans, cette passion se calma ; la fécondité incommode ne fut point étrangère à ce refroidissement : elle avait accéléré l'heure fatale. Quelle révolution à prévoir et à redouter pour ceux qui tenaient le pouvoir ! Pour conserver la direction de la politique aux familiers du cardinal de Fleury, il fallait donner au jeune Roi une sirène qui se contentât du département des plaisirs. Le duc de Richelieu se chargea d'attirer les yeux du Roi sur une dame du palais de la reine, la comtesse de Mailly, qu'on avait, à son insu, jugée capable de remplir le rôle. Louise-Julie de Mailly-Nesle, née le 16 mars 1710, était fille de Louis de Mailly, marquis de Nesle, et d'Armande-Félicie de La Porte-Mazarin. Elle avait été mariée, le 31 mars 1726, à son cousin Louis-Antoine de Mailly, comte de Rubempré. Elle avait succédé, dans la charge de dame du palais de la reine. à sa mère, décédée à Bruxelles le 12 octobre 1729.

Usant en courtisan habile de la familiarité que lui tolérait Louis XV, le duc de Richelieu lui représenta l'amour comme la consolation de tous les hommes et principalement des grands princes, obligés de charmer les soucis du trône ; puis il le mit adroitement sur le compte de la Reine, sur le vide qu'elle laissait dans son cœur, et le fit convenir de la nécessité de remplacer cette passion par une autre. Le Roi s'émut, se laissa convaincre, et, sans plus de résistance, consentit à avoir une entrevue à la Muette avec Mme de Mailly, qu'on y amena sans qu'elle eût le moindre doute de la trame ourdie à son insu. Si la timidité du jeune monarque enchaîna ses sens, comme le dit un chroniqueur du temps, si la vertu de la femme se révolta de ce guet-apens, il n'en est pas moins vrai que cette entrevue fut la préface du roman.

Louis XV avait alors vingt-deux ans. Tout fier de sa conquête, ce fut dans un dîner à la Muette qu'il osa en parler pour la première fois.

« Le jeudi 24 février 1732, le Roi étant à la Muette avec vingt-quatre de ses courtisans, il y eut deux tables servies à douze couverts chacune. Le Roi but à la santé de l'inconnue, et, après plusieurs discours sur les dames de la cour, il cassa son verre et invita tout le monde d'en faire autant.

« Cette santé fut bue à la table où il était. Il envoya ensuite M. le duc de Retz, pour dire à la seconde table de la boire Cela donna lieu à tous ceux qui étaient à ces deux tables de parler sur cette inconnue, et de chercher à la deviner. On prit même pour cela les voix de tous ceux qui y étaient, et qui se réduisaient à trois personnes comme les trois plus aimables de la cour : Mme la duchesse, la jeune, trouva sept partisans ; Mlle de Beaujolais en eut un pareil nombre, et le surplus se déclara pour Mme de Lauraguais, belle-fille du duc de Villars-Brancas, qui paraissait à la cour depuis environ un mois. Le duc de Noailles ne donna point sa voix, en disant que, volontiers, il les choisirait toutes trois ; et le Roi ne voulut point décider. Cette anecdote fit grand bruit, et l'on crut que le Roi prendrait pour maîtresse une de ces trois dames, et c'est ce qui n'est point arrivé. On sut, en effet, quelque temps après, que le Roi aimait très secrètement Mme la comtesse de Mailly, dame du palais de la Reine. Elle n'était ni jeune, ni belle, ni même jolie, âgée de près de trente-cinq ans (1) ; elle n'avait de remarquable, dans le visage, que deux grands yeux noirs assez bien fendus, très vifs, d'un regard naturellement dur, mais qui, adouci pour le monarque, conservait cette hardiesse, indice du tempérament, aiguillon puissant pour provoquer un novice aux combats amoureux, le son de la voix, rude, ne fai-

---

(1) M. de Maurepas se trompe : née en 1740, elle n'avait, au moment où nous parlons, que 22 ans.

sant que confirmer cette annonce, que complétait encore sa démarche élégante et lascive.....

« Enfin la nature l'avait amplement dédommagée de ce qu'elle lui avait refusé du côté de la figure par les qualités de l'esprit et du cœur. Elle était amusante, enjouée, d'une humeur égale, amie sûre, généreuse, compatissante et cherchant à rendre service.

« Peu à peu le Roi ne fit plus un mystère de sa conquête, les courtisans s'en entretinrent, la Reine même en fut informée, et, au lieu d'essayer sur son époux l'ascendant qu'elle avait toujours eu pour le rappeler près d'elle, elle se contenta d'en gémir au pied des autels. »

Pour son malheur, Mme de Mailly s'était éprise tout de bon de son royal amant, dont la personne lui était plus chère que le diadème. Dans cette passion même allait se trouver sa punition. Elle fut supplantée par sa propre sœur, Mme de Vintimille, qui se fit redouter par son caractère altier, envieux, vindicatif, entreprenant, affamé de domination. Elle eût réussi sans aucun doute à prendre un empire énorme sur le Roi, si la mort ne l'eût arrêtée au début.

Elle mourut en couches, le 10 septembre 1741, non sans soupçon de poison, laissant un fils, le comte du Luc, vive image du Roi, et qu'on appela plus tard à la cour le demi-Louis.

Cette perte causa pendant quelque temps une grande émotion au Roi; mais déjà sa sensibilité était bien émoussée, et la première favorite reprit tous ses droits.

C'est à cette époque que Louis XV restaura complètement la Muette. Cet édifice n'avait rien de l'étendue et de la magnificence des autres maisons royales avoisinant Paris; mais on y épuisa toutes les ressources de l'art pour la commodité des distributions, l'élégance des ameublements et les délicatesses du luxe.

La cour et la ville en glosaient à qui mieux mieux, et Dieu sait à combien d'anecdotes, vraies ou supposées, donna lieu ce temple de la galanterie!

Un écrivain du temps en donna une description allégorique dans ses *Anecdotes de Paris*. La voici : « C'était un petit temple où l'on célébrait fréquemment des fêtes nocturnes de Bacchus et de Vénus. Le Sophi (le roi) en était grand-prêtre, Retima la grande-prêtresse; le reste de la troupe sacrée était composé de femmes aimables et de courtisans galants, dignes d'être initiés à ces mystères. Là, par quantité de libations les plus exquises et par différentes hymnes à la gloire de Bacchus, on tâchait de se le rendre favorable auprès de la déesse de Cythère, à laquelle ensuite on faisait de temps en temps de précieuses offrandes. Les libations se faisaient avec les vins les plus rares; les mets les plus recherchés étaient les victimes. Souvent même, et c'était aux jours les plus solennels, les mets étaient préparés par les mains du grand-prêtre. Comus était l'ordonnateur de ces fêtes, Momus y présidait. Il n'était permis à aucun esclave d'oser troubler ces augustes cérémonies, ni d'entrer dans l'intérieur du temple, qu'au moment que les prêtres et les prêtresses, comblés enfin des faveurs divines, tombaient dans une extase dont la plénitude prouvait la grandeur de leur zèle et dénonçait la présence des dieux. Alors tout était consommé. On enlevait avec respect ces favoris des dieux, et l'on fermait la porte du temple. »

A la suite du Roi qui prenait alors le titre de baron de Gonesse pour que la majesté royale fut moins compromise, et parmi les héros de ces agapes, on voyait souvent, sous l'apparence d'une gaieté frivole, les La Tremoïlle, les d'Ayen, les Maurepas, les Coigny, les Souvré, annoncer au Roi d'utiles vérités qui, malheureusement, n'étaient pas toujours écoutées.

Il est une justice à rendre à Mme de Mailly : c'est qu'elle ne coûta rien à l'Etat, et ne demanda jamais aucune grâce, ni pour elle ni pour les siens. Elle sortit de la cour aussi pauvre qu'elle y était entrée, et, à l'exemple de Mlle de La Vallière, après son royal amant, n'en vit d'autre digne d'elle que Dieu. Elle expia dans les larmes et les macérations, jusqu'à sa mort, le scandale qu'elle avait donné.

C'est à la Muette que le lieutenant-général, plus tard maréchal-duc de Richelieu, vint prendre congé du Roi lors de son départ pour l'armée, en 1745. Au moment où il se mit en route, son équipage causa une vive surprise aux assistants. C'était une immense berline à six chevaux, contenant un lit, une commode, un secrétaire une toilette et milles futilités propres à un efféminé. Huit jours avant, on raconte que, son valet de chambre lui demandant à quelle odeur M. le Duc voudrait faire la campagne : — « A l'iris les jours de tranchée répondit-il, et à la bergamote les jours de bataille ». Les courtisans souriaient de pitié, mais le jeune général leur imposa silence en se couvrant de gloire à la bataille de Fontenoy.

Après Mlle de Mailly vint le règne de Mme de Pompadour, dont le pouvoir fut à la fois le plus long et le plus étendu. Son nom est loin d'être populaire en France ; odieuse à la famille royale et à la cour, odieuse surtout au peuple à ce point qu'elle n'osait plus venir à Paris, cette femme, au point de vue où nous devons l'envisager, est cependant en droit d'exciter non seulement la curiosité, mais encore l'intérêt de l'historien. Il lui restera l'éternel honneur d'avoir fondé l'Ecole militaire, la Manufacture de Sèvres, et enfin, constamment amie des arts, artiste elle-même, elle a été la protectrice dévouée et éclairée du talent dans toutes ses émanations, et à ce titre on ne peut lui refuser une sympathique indulgence.

Lorsque Mme de Pompadour se décidait à quitter sa délicieuse résidence de Bellevue pour venir à la Muette, chacune de ses visites était marquée par une libéralité artistique. Ainsi, devançant la vente publique de la galerie du prince de Carignan, elle pressa le Roi d'acheter le tableau de la Sainte-Famille, par Raphaël, qui, placé aussitôt dans la chapelle de la Muette, ne l'a quittée que pour prendre place dans les galeries du Louvre. Quatre dessus de portes, commandés à Oudry pour la salle à manger de la Muette, figuraient à l'exposition de 1750. L'un d'eux, qui représente un combat de coqs, appartient également au musée du Louvre.

Plus encore que des artistes, Mme de Pompadour aimait à se faire bien venir des hommes de lettres et à provoquer leurs louanges par des bienfaits. Un des plus à la mode était Duclos. Nul n'était plus répandu que lui ni mieux en cour. Ses amis l'avaient posé auprès de la favorite comme un très grand esprit qu'il fallait avoir pour soi, et celle-ci, tout à fait gagnée à ce sentiment, le fit partager à Louis XV, affirmant que la postérité saurait gré au monarque d'avoir encouragé un écrivain déjà illustre par une histoire de Louis XI et que Voltaire appelait Salluste. Ainsi patronné, Duclos recevait, au mois de décembre 1750, un logement à la Muette, en même temps que le titre d'historiographe de la cour. Jean-Jacques Rousseau a dit de Duclos qu'il était droit et adroit. Adroit, oui, car avec le même cynisme qui le faisait se vanter que Mlle Quinault et Mme de Rochefort lui avaient meublé son appartement de la Muette, il savait au besoin flatter les puissants et aduler le pouvoir. Bourru et mal élevé, il avait toute l'outrecuidance du parvenu, et son séjour à la Muette fut un martyre pour les gens de service attachés au château.

Un écrivain du temps a laissé du château de la Muette tel qu'il était en 1762 une description que nous allons reproduire :

« Le vestibule est orné de deux tableaux de Van der Meulen qui représentent les sièges d'Orsoy et de Rees et deux autres copies d'après lui : Mons assiégé en 1691 et Namur assiégé en 1692. On entre ensuite dans l'antichambre des seigneurs. Les dessus de porte, par Dumont, représentent la Générosité, l'Abondance, la Paix et la Victoire.

« La salle à manger est à droite. On y voit dix tableaux d'Oudry, dont quatre dessus de porte. Le premier représente deux coqs qui se battent; le second, un chien qui se jette sur des canards dans des roseaux; le troisième, une buse qui culbute un lièvre, et le quatrième est un renard sur un faisan. Dans deux autres, qui sont beaucoup plus grands, on voit deux chasses : l'une au loup, l'autre au sanglier. La chapelle termine de ce côté-là ; à gauche est le salon.

« En sortant, un parterre de broderies se présente d'abord, suivi de deux boulingrins ornés de plates-bandes et de fleurs. Plus loin sont deux étoiles de gazon, dans le centre desquelles on voit deux figures de marbre : l'une, d'une chasseresse et l'autre d'une nymphe, par Flamen. Ces deux pièces sont séparées par une allée d'arbres taillés en boules sortant de caisses de charmilles, et sont terminées par un grand tapis vert orné d'un groupe de pierre représentant Pluton qui enlève Proserpine lorsqu'elle va puiser de l'eau à la fontaine d'Aréthuse, en Sicile. Une terrasse de forme circulaire, qui donne sur la campagne, fait la clôture du jardin.

« La gauche est occupée par la faisanderie et le potager, et la droite par le parterre dit de l'Escarpolette, qui est renfermé et où se trouvent différents jeux ; au-dessus est un petit bois, suivi du jeu de l'anneau tournant et de l'orangerie, du côté de laquelle on a fait un bâtiment assez considérable.

« Les deux statues de marbre placées contre les palissades du parterre sont : une chasseresse essayant une flèche, par Poirier, et Diane, par Lemoyne. Cette dernière est près d'un joli bosquet décoré de deux figures de marbre : Clytée changée en tournesol et une femme tenant un arrosoir, comme pour répandre de l'eau sur des fleurs que lui présente un amour. »

Mme de Pompadour, minée par une maladie contre laquelle elle luttait depuis plusieurs mois, mourut à Versailles le 15 avril 1764. Ses derniers moments furent empreints d'une certaine grandeur. Son confesseur étant sur le point de la quitter, elle le rappela, puis lui dit en souriant : « Un instant, monsieur le curé : nous partirons ensemble ! » Elle expirait quelques minutes après. Louis XV la vit partir avec indifférence. La voiture qui emportait cette reine de la mode quitta Versailles par une pluie battante ; le Roi, soulevant un rideau d'une des fenêtres du palais, vit par hasard ce départ, et murmura : « La marquise s'en va par un bien vilain temps ». Et ce fut tout. La mort ne la sauva pas de l'épigramme qui l'avait harcelée toute sa vie ; la cour et la ville s'en donnèrent à cœur joie. Voici, comme épitaphe satirique, une des plus réussies :

. . . .

Femme infidèle et maîtresse accomplie,
L'hymen et l'amour n'ont pas tort,
Le premier, de pleurer sa vie,
Le second, de pleurer sa mort.

De ce moment, le Roi délaissa la Muette et n'y fit que de très rares apparitions.

Un écrivain qui a recueilli sur Passy et les environs des chroniques intéressantes raconte l'anecdote suivante, qui prouve que tout, à la Muette, respirait l'esprit funeste dont le maître était animé,

« On raconte, dit-il, que Louis XVI, étant encore dauphin et se trouvant au château de la Muette, où il avait suivi son aïeul, témoigna le désir de faire une promenade du côté des Bons-Hommes ; que les courtisans en profitèrent pour faire trouver sur son passage une jeune personne qu'ils

y avaient attirée ; qu'ils la lui firent remarquer en vantant ses grâces et sa beauté ; que le dauphin la trouva fort jolie et demanda quel état elle professait. Les courtisans répondirent que c'était une marchande de Paris. « Que vient-elle faire « ici ? s'écria le jeune dauphin : elle ferait « mieux de rester à sa boutique que de « venir perdre son temps à la promenade. »
Cette réponse, ajoute le chroniqueur, atterra ces jeunes libertins, qui s'en retournèrent en silence à la Muette, à la suite du dauphin, et n'osèrent plus tenter de pareilles scènes.

Le mariage du Dauphin avec l'archiduchesse Marie-Antoinette d'Autriche s'était fait, par procuration, le 16 mai 1770, et la jeune princesse, entrée en France, s'avançait vers la capitale. Louis XV alla au-devant d'elle à Compiègne. Le lendemain, en traversant Saint-Denis, elle se rendit aux Carmélites pour visiter Mme Louise de France, qui se préparait à y prendre le voile. Tout Paris s'était porté sur la route, et une double haie de carrosses s'étendait depuis Saint-Denis jusqu'à la porte Maillot.

La famille royale vint souper au château de la Muette.

Tant qu'elle était restée à Vienne auprès de sa digne mère, Madame la Dauphine, comme on peut le croire, avait ignoré le rôle de Mme Dubarry à la cour de France ; aussi raconte-t-on que, impatientée d'entendre répéter continuellement ce nom, elle demanda naïvement un jour quelles étaient les fonctions de cette dame qui causait tant de bruit. On lui répondit simplement qu'elle amusait le Roi. « Cela « étant, s'écria ingénument la jeune archi- « duchesse, je me déclare sa rivale. » Mieux instruite depuis, elle n'était plus tentée de la devenir. Lorsqu'en entrant à la Muette le Roi lui présenta Mme la comtesse Dubarry, la rougeur lui monta au front, mais elle se rappela aussitôt qu'elle devait être attentive à ne point indisposer le monarque. Sa Majesté lui ayant demandé à table comment elle trouvait cette dame, elle répondit : « Charmante » ; ce qui combla d'aise le royal amant. Il est vrai de dire que Mme Dubarry était alors la femme la plus remarquable à la cour par sa figure sans apprêt et par ses grâces naturelles. On la pouvait dire belle de sa propre beauté, et, par une singularité encore plus merveilleuse, elle était, à l'extérieur, très décente dans son maintien et dans ses propos.

Le Roi, le Dauphin et la famille royale revinrent coucher à Versailles. Madame la Dauphine demeura seule à la Muette pour obéir aux lois de l'Eglise et ne point habiter sous le même toit que son futur époux. Le lendemain seulement, 16 mai 1770, elle se rendit à Versailles pour recevoir la bénédiction nuptiale dans la chappelle du château.

Louis XV mourut de la petite vérole le 10 mai 1774 à Versailles, et, comme le mauvais air semblait s'être emparé de cette résidence, son petit-fils et successeur, proclamé sous le nom de Louis XVI, vint habiter provisoirement la Muette, que ses goûts champêtres et ses souvenirs d'enfance lui faisaient aimer. C'est de là que sont datés les premiers actes de son règne.

Les mœurs sévères de ce prince avaient longtemps souffert des scandales causés par Mme la comtesse Dubarry à la cour, tandis que, pendant quatre années d'humiliations, la noble fille de Marie-Thérèse n'avait tenu que le second rang à côté de

cette femme, dont les lazzis n'épargnaient pas même la future reine de France. Par un sentiment de convenance pour la mémoire de son aïeul et en même temps par des considérations politiques, Louis XVI ménagea la courtisane. La comtesse, en effet, initiée à tous les secrets d'État, à toutes les affaires de l'Europe ainsi qu'aux intérêts privés de la famille, devait être ménagée dans la crainte d'une vengeance. On lui continua sa pension, mais une lettre autographe de Louis XVI à son ministre dit formellement que cette pension lui sera continuée « pourvu qu'elle n'ap-
« paraisse plus dans le monde et qu'elle
« se fasse oublier le plus possible ».

Il est piquant de voir dans quels termes le duc de la Vrillère s'acquitta de la délicate mission de lui signifier l'ordre d'expulsion de la cour.

« J'espère, Madame, que vous ne douterez pas de toute la peine que je ressens
« d'être obligé de vous annoncer une dé-
« fense de paraître à la cour, mais je suis
« forcé d'exécuter les ordres du Roi, qui me
« charge de vous marquer que son inten-
« tion est que vous n'y veniez plus, jus-
« qu'à nouvel ordre de sa part. Sa Majesté

« en même temps, veut bien vous per-
« mettre d'aller voir Madame votre tante
« à l'abbaye de Pont-aux-Dames, et je
« vais écrire, en conséquence, à Madame
« l'Abbesse, afin que vous n'éprouviez
« aucune difficulté. Vous voudrez bien
« m'accuser réception de cette lettre,
« afin que je puisse justifier à Sa Majesté
« de l'exécution de ses ordres. »

Quant au comte Jean du Barry, qui avait si honteusement exploité le crédit de sa belle-sœur, l'ordre d'exil lui fut signifié sans ménagement, et, dans une lettre à son ministre, Louis XVI flétrit cet aventurier des expressions les plus méprisantes. Cette lettre est aux Archives nationales.

Après cette satisfaction donnée à sa propre conscience et à la moralité publique, le nouveau Roi s'empressa d'inaugurer son règne par une autre mesure qui en était, pour ainsi dire, le complément, et qui est vulgairement nommée l'Édit de la Muette.

D'après une antique tradition, le monarque, en montant sur le trône, exerçait un droit de prélèvement de deniers appelé don de joyeux avènement : Louis XVI en fit remise entière à ses sujets. C'était la première fois qu'il se manifestait aux yeux de son peuple, et il n'est pas sans intérêt de rappeler ici les termes de cet acte mémorable :

« Assis sur le trône où il a plu à Dieu de nous élever, nous espérons que sa bonté soutiendra notre jeunesse et nous guidera dans les moyens qui pourront rendre nos peuples heureux : c'est notre premier désir, et, connaissant que cette félicité dépend principalement d'une sage administration des finances, parce que c'est elle qui détermine un des rapports les plus essentiels entre le souverain et ses sujets, c'est vers cette administration que se tourneront nos premiers soins et notre première étude. Nous étant fait rendre compte de l'état actuel des recettes et des dépenses, nous avons vu avec plaisir qu'il y avait des fonds certains pour le paiement exact des arrérages et intérêts promis et des remboursements annoncés ; et, considérant ces engagements comme une dette de l'Etat, et les créances qui les représentent comme une propriété au rang de toutes celles qui sont confiées à notre protection, nous croyons de notre premier devoir d'en assurer le paiement exact. Après avoir aussi pourvu à le sûreté des créanciers de l'État, et consacré les principes de justice qui feront la base de notre règne, nous devons nous occuper de soulager nos peuples du poids des impositions ; mais nous ne pouvons y parvenir que par l'ordre et l'économie. Les fruits qui doivent en résulter ne sont pas l'ouvrage d'un moment, et nous aimons mieux jouir plus tard de la satisfaction de nos sujets que de les éblouir par des soulagements dont nous n'aurions pas assuré la stabilité. Voulant que cet édit, le premier émané de netre autorité, porte l'empreinte de ces dispositions et soit comme le gage de nos intentions, nous nous proposons de dispenser nos sujets du droit qui nous est dû à cause de notre avènement à la couronne : c'est assez pour eux d'avoir à regretter un Roi plein de bonté, éclairé par l'expérience d'un long règne, respecté dans l'Europe par sa modération, son amour pour la paix et sa fidélité dans les traités.

« Donné à la Muette, ... »

C'est aussi à la Muette que Louis XVI reçut les premiers hommages. M. de La

Vrillère, lui demandant s'il veut recevoir le corps des marchands, qui désirent le complimenter, il répond : « Qu'il le veut et l'ordonne, parce que cette fraction du peuple lui plaît et que le commerce enrichit les nations ». Même réponse pour les dames de la Halle, que le Roi affectionne, « parce que leur expression est plus sincère et leur joie plus naïve ». Tout cela est écrit de la main du bon Roi, expliqué et développé. Et comme enfin M. de La Vrillère lui demande s'il recevra l'Académie française, il répond : « Oui ; je désire même que ce soit M. Gresset, l'auteur de *Vert-Vert*, qui a fait tant rire la Reine, qui fasse le discours, et je veux également que M. de Buffon me soit immédiatement présenté, parce que c'est un des hommes dont le nom illustrera mon règne ». On sent déjà que le jeune monarque est sous le charme de deux sentiments : être aimé du peuple, et placer son règne sous la grandeur et la puissance des lumières.

Suivent encore une foule de mesures datées de la Muette et qui inaugurent bien le nouveau règne. En voici les principales : Édit ordonnant que toutes les monnaies nouvelles frappées à l'effigie du jeune Roi seront du même poids et du même aloi et au coin des armes de France, comme celles de Louis XV ; le prix du louis d'or sera de 24 livres, et celui des écus, de 6 et de 3 livres ; il n'y aura pas de refonte générale des monnaies, afin d'épargner des dépenses inutiles au trésor ;

— Déclaration interprétant l'édit de M. de Machault sur les main-mortes et les dons qui seraient faits aux institutions charitables, séminaires, etc., cures perpétuelles ; la pensée en est agrandie pour les fondations utiles et pieuses, en vue d'éteindre la mendicité. Les gens de mainmorte pourront donner à cens ou à rentes perpétuelles ; si les couvents peuvent recevoir des dots mobilières, cette faculté leur est interdite pour les immeubles ; les rentes seront placées au trésor royal, qui servira l'intérêt au denier 25. Les hôpitaux seuls seront autorisés à recevoir les bienfaits par donations ou testament de terres et maisons ;

— Un arrêt du conseil faisant défense aux gardes-jurés des corps d'établir aucune cote d'impôt sans autorisation ;

— Attribution à Monsieur des écuries de la Dauphine, à Versailles, à titre d'apanage, et confirmation par le Roi des règlements que ce prince a introduits sur la chasse ;

— Approbation de l'ordonnance du lieutenant de police pour le prix des carrosses de place à vingt sols la course et à vingt-cinq l'heure ;

— Ordonnance qui règle le tarif des bacs sur la rivière ;

— Autre fixant la distance qui doit séparer les moulins des grands chemins ;

— Autre supprimant plusieurs maisons de l'ordre de la Merci ;

— Ordonnances qui régularisent les ateliers, les assemblées des commerçants, des perruquiers, la police des cabaretiers, qui ne pourront acheter à la Halle ni mettre en vente des vins et des liqueurs gâtés ;

— Réorganisation des services des grandes routes, des canaux de Picardie et de Bourgogne, commencés sous Louis XV ;

— Élévation des droits d'octroi de dix sols par chaque muid au profit des hôpitaux de Paris. Un vingtième est également ajouté aux entrées au profit des Enfants trouvés.

A côté d'un acte d'administration intérieure et locale, les registres du Conseil indiquent la ratification de quelques traités diplomatiques conclus avec Tunis, les provinces amies de Hollande et le prince-évêque de Liège. (Reg. du Conseil, mai et août 1774; Archives nationales.)

Au bout de trois mois, le Roi quitta la Muette et s'en fut à Compiègne, son château de prédilection.

Les circonstances ayant ramené la cour à Versailles, la Muette ne fut plus visitée que de temps en temps par le couple royal. Le Roi y venait au mois de mai passer la revue des gardes-françaises; la Reine l'accompagnait et restait quelques jours au château. Une société d'élite, composée d'environ cent personnes, ayant fondé, en 1780, dans l'établissement du Ranelagh, un bal tous les jeudis, la Reine honora plusieurs fois ce bal de sa présence, et, dès lors, tout ce que Paris comptait d'illustrations de tout genre, de brillants cavaliers et de femmes à la mode, sollicita de la commission la faveur d'y être admis.

Le reste de l'année, la petite oasis du bois de Boulogne rentrait dans le calme et le silence, et n'était plus fréquentée que par des bourgeois de la capitale et de Passy, auxquels, par faveur spéciale, le vieux maréchal de Soubise, gouverneur du château de la Muette, permettait l'entrée du jardin pour y promener leurs enfants.

Toutefois un événement, qui fit grand bruit alors, s'y passa en 1783. On se préoccupait, dans le monde des savants et des curieux, de la possibilité de la navigation aérienne, découverte récemment par M. de Montgolfier. Trois pionniers de la science : M. Charles et les deux frères Robert, enhardis par une première expérience tentée au Champ-de-Mars avec un aérostat de douze pieds de diamètre, en avaient construit un en taffetas, au moyen duquel ils se proposaient de lever tous les doutes sur cette merveilleuse invention. Ce fut le jardin de la Muette qu'on choisit pour lieu de départ, et voici le procès-verbal authentique que dressèrent à cette occasion les savants accourus pour être témoins de l'expérience :

« Aujourd'hui 21 novembre 1783, au château de la Muette, on a procédé à une expérience de la machine aérostatique de M. de Montgolfier. Le ciel était couvert de nuages dans plusieurs parties, clair dans d'autres, et le vent N.-O.

« A midi huit minutes, on a tiré une boîte qui a servi de signal pour annoncer qu'on commençait à remplir la machine. En huit minutes, malgré le vent, elle a été développée dans tous les points et prête à partir. M. le marquis d'Orlandes et M. Pilastre du Rosier étaient dans la galerie. La première intention était de faire enlever la machine et de la retenir avec des cordes pour la mettre à l'épreuve, étudier les poids exacts qu'elle pouvait porter et voir si tout était convenablement disposé pour l'expérience importante qu'on allait tenter. Mais la machine, poussée par le vent, loin de s'élever verticalement, s'était dirigée sur une des allées du jardin, et les cordes qui la retenaient, agissant avec trop de force, ont occasionné plusieurs déchirures, dont une de plus de six pieds de longueur. La machine, ramenée sur l'estrade, a été réparée en moins de deux heures. Ayant été remplie de nouveau, elle est partie à une heure 54 minutes, portant les mêmes personnes; on l'a vu s'élever de la manière la plus majestueuse, et, lorsqu'elle a été à environ 250 pieds de hauteur, les intrépides voyageurs, baissant leurs chapeaux, ont salué les spectateurs. On n'a pu alors s'empêcher d'éprouver un sentiment de crainte et d'admiration. Bientôt les navigateurs aériens ont été perdus de vue ; mais la machine, planant sur l'horizon et étalant la plus belle forme, a monté au moins à trois mille pieds de hauteur, où elle est toujours restée visible. Elle a traversé la Seine au-dessous de la barrière, la porte de la Conférence, et, passant de là entre l'École militaire et l'Hôtel des Invalides, elle a été à portée d'être vue de tout Paris. Les voyageurs, satisfaits de cette expérience et ne voulant pas faire une plus longue course, se sont concertés pour descendre ; mais, s'apercevant que le vent les portait sur les maisons de la rue de Sèvres, faubourg Saint-Germain, ils ont conservé leur sang-froid, et, développant du gaz, ils se sont élevés de nouveau et ont continué leur route jusqu'à ce qu'ils aient eu dépassé Paris. Ils sont alors descendus tranquillement dans la campagne, au-delà du nouveau boulevard, vis-à-vis le moulin de Croule-Barbe, sans avoir éprouvé la moindre incommodité, ayant encore dans leur galerie les deux tiers de leur approvisionnement. Ils pouvaient donc, s'ils l'avaient désiré, franchir un espace triple de celui qu'ils ont parcouru; leur route a été de quatre à cinq mille toises, et le temps qu'ils y ont employé de vingt à vingt-cinq minutes.

« Cette machine avait soixante-dix pieds de hauteur, quarante-six pieds de diamètre. Elle contenait soixante mille pieds cubes, et le poids qu'elle a enlevé était d'environ seize à dix-sept cents livres.

« Fait au château de la Muette, à cinq heures du soir; signé : Le duc de Polignac, le duc de Guines, le comte de Polastron, B. Franklin, Delisle, Lecroq, de l'Académie. »

Madame la duchesse de Polignac, qui, en sa qualité de gouvernante des Enfants de France, ne négligeait aucune occasion d'instruire monseigneur le Dauphin, l'avait amené ce jour-là à la Muette (1).

Quoique l'ascension qui suivit celle-ci, le 2 décembre, n'ait pas eu lieu à la Muette, nous en faisons mention à cause de l'intérêt qui s'attache aujourd'hui, plus que

---

(1) Mémoires de la baronne d'Oberkirch, tome II, page 121.

jamais, à la science aérostatique. On en trouve le récit assez palpitant à la page 82 du *Mercure de France,* année 1783.

Les journées sombres vont apparaître pour la Muette comme pour la France; c'est avec tristesse, c'est le cœur plein d'amertume qu'on arrive à cette transition de Marie-Antoinette, la gracieuse souveraine, aux hideuses journées révolutionnaires!

La Muette eut à jouer son rôle dans cette parade de niais et de charlatans, décorée du nom de la fête de la Fédération. qui fut célébrée au Champ-de-Mars le 14 juillet 1790. Les gardes nationaux et des députations du corps de l'armée étaient venus de tous les coins de la France pour y prendre part. Après la cérémonie, vingt mille de ces fédérés se rendirent dans les jardins de la Muette, où les attendait un banquet offert par la Commune de Paris.

Cette insipide cohue, qui enleva toute discipline des régiments de la monarchie, fut la cause première de toutes les insubordinations qui se produisirent depuis dans l'armée.

La Muette subit de graves mutilations pendant la crise révolutionnaire. Le corps principal succomba sous le marteau des démolisseurs, et ses matériaux, livrés, sans prix débattus, à l'avidité de quelques spéculateurs, procurèrent à ceux-ci d'importants bénéfices. La réprobation publique mit un terme à cette curée. Les démolisseurs s'arrêtèrent avant l'achèvement de l'œuvre de vandalisme, et ce qui restait, c'est-à-dire deux gros pavillons et les bâtiments de service, fut loué par le fisc à des entrepreneurs de guinguettes et de bals publics.

Enfin, après des péripéties de toutes sortes, vers 1818, ce qui subsistait encore de cette délicieuse résidence fut mis en vente et acquis au prix de deux cent soixante-quinze mille francs par le célèbre fabricant de pianos Sébastien Erard.

Il était né à Strasbourg le 5 avril 1752. Doué d'une merveilleuse intelligence, il fonda sa fabrique de pianos en 1780. Ses premiers pas furent des pas de géants, et il se signala, presque au début, par son invention du clavecin mécanique, que Louis XVI récompensait royalement le 10 mars 1785, en affranchissant l'inventeur, au moyen d'un brevet spécial, des chicanes que lui suscitaient les maîtrises et les corporations. Bientôt après, Erard manifestait sa reconnaissance par la rénovation de la harpe et la construction des premiers grands pianos à queue que l'on ait vus en France.

Toutes les industries de luxe payèrent de leur ruine le tribut aux excès révolutionnaires, et, comme tant d'autres, Sébastien Erard s'en ressentit cruellement. Cependant, comme dès les premières lueurs de calme toutes les classes de la société revinrent vivement aux plaisirs, la musique redevint l'âme des salons, et les déesses du Directoire furent les premières à mettre en vogue le piano et surtout la harpe, qui se prête si bien à faire valoir les grâces de la femme.

A l'avènement de l'Empire, la réputation d'Erard était à son comble, et ses instruments charmaient les soirées des Tuileries et de Saint-Cloud. Le 27 octobre 1810, l'Empereur nommait Sébastien Erard facteur de pianos et de harpes de Leurs Majestés Impériales et Royales.

Waterloo étendit son voile de deuil sur nos triomphes; mais la muse française, à défaut de nos victoires, se mit à chanter les amours. Ce fut le beau temps de la romance, et pianos et harpes chômaient si peu que Sébastien Erard dut aussitôt associer à ses travaux ses deux neveux, Jean-Baptiste et Pierre. Mais, si son commerce prospérait, il n'en était pas de même du château qui devait si prochainement lui appartenir. Les troupes anglaises campaient, en 1815, dans le bois de Boulogne, et la Muette fut exposée aux déprédations de toutes sortes. Louis XVIII s'en émut et couvrit le château de son pavillon royal.

Le 29 décembre 1815, le Roi octroyait aux sieurs Sébastien, Jean-Baptiste et Pierre Erard le brevet de facteur de pianos et de harpes de la cour. La monarchie française n'a de fiel contre personne, et récompense toujours ceux qui honorent le pays avant ceux qui servent le Roi.

Enfin le roi Charles X nommait, en 1827, le fondateur de la maison Erard chevalier de la Légion d'honneur. C'était le couronnement d'une carrière bien dignement remplie, un hommage rendu à une des gloires de l'industrie française. Malheureusement Sébastien n'eut pas longtemps à en jouir : la révolution de Juillet 1830 porta un coup terrible à ce laborieux vieillard, qui s'éteignit à la Muette le 5 avril 1831.

Pendant les premiers jours d'effervescence révolutionnaire, on dut faire disparaître l'écusson des armes royales des ateliers Erard comme de tous les établissement brevetés; mais la véritable industrie à cette époque se tenait encore à l'écart de la politique, et dès le 20 juin 1832 les neveux de Sébastien échangeaient leur ancien brevet contre celui de fournisseur de la nouvelle cour.

Celui des trois Erard qui survécut et resta maître unique de l'industrie qui illustrait son nom continua sa marche ascendante dans la voie du succès. Il se nommait Orphée, auquel prénom il substitua celui de Pierre après la révolution de 1830. Il était né à Paris en 1794.

Le roi Louis-Philippe le nomma chevalier de la Légion d'honneur en 1834.

La révolution de 1848 ne causa qu'une interruption momentanée dans les travaux, et dès l'avènement du second Empire les affaires reprirent comme par le passé. Mais les divers membres de la famille Erard, émus avec raison dès les premiers troubles politiques d'une situation pleine d'incertitude, prirent le parti de régler les intérêts privés de chacun d'eux.

M. Erard avait épousé sa cousine Mlle Elisabeth-Louise-Camille Février, qui, à la suite d'arrangements et de conventions amiables, resta propriétaire du château et du parc de la Muette en 1848

Les séjours de Pierre Erard à la Muette se multiplièrent, et il embellit beaucoup cette résidence, particulièrement les jardins. Madame Erard faisait avec un tact exquis les honneurs de son château aux célébrités des arts et des lettres. Les gloires du passé semblaient vouloir y faire cortège aux gloires du présent, et l'on admire encore dans les salons le Fernand Cortès de Velasquez, les Trois Ages du Corrège, les Saisons de l'Albane, une Vierge de Murillo, puis une collection inestimable d'autres chefs-d'œuvres : les Disciples d'Emmaüs de Philippe de Champagne, le Laissez-venir à moi les enfants de Rubens, le Saint Thomas de Cigoli, la Sainte Catherine de Procaccini, le beau portrait de Gluck par Duplessis, puis de nombreuses œuvres de Hubert-Robert, Hersent, Bellangé, Paul Baudry, Hébert, Gustave Doré, Jules Dupré, etc..., etc... En sculpture : le Ganymède de Canova, la comtesse Spontini par Krauch, la Diane de Houdon, etc.

Un buste de Pierre Erard, sculpté par Pradier, y figure avec honneur.

Pierre Erard mourut à Paris, le 5 août 1855. Il avait été fait officier de la Légion d'honneur en 1851, à la suite de l'exposition de Londres, où il avait obtenu l'unique *Council medal* décernée à l'industrie des instruments de musique.

Après la mort de son mari, Madame Erard se fixa tout à fait à la Muette, qui resta la maison hospitalière ; elle continua à y accueillir les compositeurs et les virtuoses les plus célèbres.

En lui refusant les joies de la maternité, Dieu lui avait au moins laissé une nièce et un neveu qu'elle entourait de ses plus tendres affections : elle maria la première, Mlle Marie-Eugénie Schaeffer à M. Amable-Charles Franquet comte de Franqueville, alors auditeur au Conseil d'Etat et aujourd'hui membre de l'Institut ; puis elle installa le jeune ménage dans un délicieux pavillon de la Muette.

On se rappelle le culte que l'Impératrice Eugénie avait pour Marie-Antoinette. Elle aimait à recueillir et à s'entourer des objets ayant appartenu à cette infortunée Reine.

Le château de la Muette lui plaisait à ce

titre, et on dit qu'elle en fit offrir six millions à Madame Erard, qui refusa.

La révolution de 1870 et le siège de Paris qui en fut la conséquence nous montreront le château de la Muette sous une nouvelle face.

A l'approche de l'ennemi, Paris fut divisé en douze secteurs, désignés chacun sous un numéro et commandés par un général ou un amiral. Le VIe secteur, prolongé de la porte Dauphine au Point-du-Jour, se distinguait par son étendue, sa position et ses formidables travaux. Dégagé du Mont-Valérien, qui s'élève à sa droite, et du fort d'Issy, qui se trouve à sa gauche, il se présentait lui-même comme un fort avancé ayant vue sur l'ennemi, qu'il incommodait de ses projectiles jusque sur les hauteurs de Saint-Cloud. Alors les pièces de canons remplacèrent les pianos. L'amiral Fleuriot de Langle, investi de ce commandement, établit son quartier général à la Muette.

L'hiver était venu. Le parc, avec ses grandes et silencieuses charmilles, ses vastes pelouses et ses allées sans fin, présentait l'aspect d'un désert de féerie. C'est à peine si de loin en loin on apercevait une sentinelle, toute blanche de givre, montant sa faction, ou quelques moineaux francs qui, insoucieux de la guerre des hommes et ignorant surtout qu'ils valaient un franc par tête, sautillaient dans les vieux charmes.

Quant au château, un chroniqueur du siège a dépeint ses habitants à cette époque :

« Au milieu de types divers se dessine la haute et bienveillante figure de l'amiral Fleuriot de Langle ; des traits nobles, une forêt de cheveux blancs, de grands yeux clairs, un regard assuré et calme. Des moustaches grises, légèrement effilées à la Van Dick, une politesse exquise. De grandes et douces manières. Il est là au château de la Muette comme il serait dans son manoir breton, et, au milieu de son état-major comme au milieu de sa famille. Mais, à l'heure du combat, une transfiguration s'opère. Le marin succède à l'homme du monde, et la bonté fait place à une indomptable énergie. M. de Langle n'existe plus, il ne reste que l'amiral et son navire. Ce navire, aujourd'hui, c'est Paris.

« L'amiral mange patriarcalement avec ses officiers : aussi n'ai-je qu'à faire le tour de la table pour vous les présenter.

« Voici d'abord M. Denue, capitaine de frégate et chef de l'état-major. C'est un homme de petite mais robuste taille, le front découvert, l'œil noir et vif, la barbe grisonnante. Rien n'échappe à la vigilance de son regard et à l'observation de son esprit ; ne négligeant, ne dédaignant aucun détail, sans rien perdre de l'ensemble auquel il rapporte tout. Autant de courtoisie et de bienveillance que d'activité. Il a beaucoup voyagé et guerroyé. Durant la campagne de Crimée, ils étaient quatre frères qui furent blessés tous les quatre la même semaine. L'un d'eux succomba.

« Le capitaine Denue est assis à la droite de l'amiral. N'est-il pas, d'ailleurs, son bras droit ?

« Les deux sous-chefs d'état-majors sont MM. Brossard de Corbigny et de Bremard. M. de Corbigny, ancien lieutenant de vaisseau, marin distingué ; M. de Bremard, ancien capitaine d'état-major des armées de Crimée et d'Italie. Ayant eu le malheur de perdre sa femme, il avait donné sa démission pour se conserver à ses jeunes enfants, mais nos revers lui ont remis l'épée à la main.

« Ces deux officiers qui portent l'uniforme d'aides-de-camp de l'amiral sont le prince Sapicha et M. Labrousse. Le premier, gentilhomme polonais de belle et haute taille, avec une aristocratique figure et de grandes manières. Ancien lieutenant de vaisseau, de notre marine, il a repris son épée aux, premiers désastres de sa patrie adoptive.

« Petit, sec et vif, un franc sourire et un spirituel regard, de la verve et beaucoup d'érudition, tel est M. Charles Labrousse. C'est encore un ancien lieutenant de vaisseau. Il était à Sébastopol, à Inkermann, à Kinburn, où il fut décoré. Obligé de quitter la mer par raison de santé, il s'adonna aux études scientifiques, s'occupa de la navigation intérieure, et écrivit un *Traité du louage*.

« Maintenant tournons-nous du côté des aiguillettes, et saluons MM. les officiers d'ordonnance.

« C'est d'abord M. Esnault-Pelterie, ancien élève de l'école des Beaux-Arts pour l'architecture. Il rend de grands services pour la construction des ouvrages militaires, et sa connaissance de la langue allemande l'a fait nommer interprète de l'amiral. C'est lui qui interroge les prisonniers.

« M. Deschars, ex-lieutenant de mobiles, capitaine d'état-major de la garde nationale, est un jeune avocat du barreau de Paris. Il se tait maintenant et laisse la parole au canon.

« Une fraîche et vaillante figure est celle du comte de Roys de Ledignon de Saint-Michel. Figurez-vous des moustaches presqu'aussi longues que son nom et d'un ton si ardent qu'il vous semble qu'elles vont brûler. Des yeux bleus qui pétillent et le plus franc des sourires avec je ne sais quoi de décidé et de crâne. On regarde cet officier, et on dit : Je gage qu'il a été dans les zouaves. Il est en effet lieutenant démissionnaire des zouaves de la garde. Le comte des Roys n'est pas seulement un soldat, c'est un agronome distingué et un littérateur. Je le crois même un peu poëte. Fontainebleau le compte au nombre de ses plus actifs conseillers d'arrondissement.

« Un type, un type magnifique, c'est M. Daubrée, capitaine des mobiles d'Auvergne. Comme figure imaginez-vous les traits énergiques du montagnard et une barbe de derviche. Il est moulé comme un canon et campé sur ses pieds comme une statue sur son piédestal. M. Daubrée a quitté sa femme et ses cinq enfants pour venir défendre Paris.

« Autres officiers d'ordonnance : M. de Vanssay, lieutenant au corps d'état major, et M. Cleret, capitaine d'infanterie démissionnaire ; M. de Torsiac de Boisset, un gentilhomme d'Auvergne qui a quitté ses terres et son clocher pour marcher à la tête des mobiles de son pays. Ce jeune officier d'ordonnance à l'œil noir et au fin sourire, grand, élancé, plein de distinction, est M. Alexandre de Girardin, fils de l'éminent publiciste. Ce jeune capitaine de mobiles âgé d'une vingtaine d'années, au visage doux et rêveur, est M. Larrieu, fils du maire de Bordeaux.

« Je terminerai cette galerie par M. Granjean, un des plus distingués et certainement un des plus jeunes capitaines d'artillerie de notre armée. A Reischoffen, il ramena toute sa batterie sans perdre un seul caisson.

« Sont encore attachés à l'amiral Fleuriot de Langle, M. de Trevannes major de la place, le baron de Nolbock, propriétaire breton qui s'est mis à la tête des corps francs ; M. Simonin, garde-mine ; M. de la Rue, sous-intendant, et M. de Loynes, major de tranchée.

« Puisque nous venons de voir l'état-major à table, ajoutons qu'à la suite du repas, où régnait quand même la gaîté française, un artilleur était chargé d'envoyer un obus sur Garches ou St-Cloud, où se tenaient les Prussiens. C'était une façon de dire les grâces. »

D'autres ont raconté et raconteront l'ensemble et les détails du siège de Paris ; quoique soldat, restons dans les limites de notre cadre en disant seulement que le VIe secteur eut comme les autres ses espérances et ses déceptions, ses douleurs et ses héroïsmes. Un incident appartient toutefois à notre chronique. La Muette faillit être incendiée par accident. Le lundi 28 novembre 1870, à six heures du soir, un incendie se déclara dans l'observatoire en planches qu'on avait construit au-dessus du château de la Muette pour observer les mouvements de l'ennemi. Des mesures furent prises avec une remarquable promptitude, et, tandis que les premières pompes arrivées inondaient le brasier, les ordres étaient bien exécutés pour sauver les appareils et télescopes servant aux observations militaires. La lueur de l'incendie s'étant propagée au loin, les commandants des deux secteurs voisins envoyèrent à la disposition de leur collègue les moyens dont ils disposaient. Le foyer de l'incendie fut immédiatement circonscrit, et, en moins d'une heure on était maître des flammes. Le château ne subit aucune avarie, les constructions en planches seules furent détruites, et un gardien de la paix fut blessé par la chûte d'un mât à signaux.

Après la guerre et les sanglantes tragédies qui en furent la suite, Mme Erard rouvrit les portes de son salon de la Muette, en même temps que celles de ses ateliers à Paris, ceux-ci sous la direction de son neveu, M. Schaeffer, pour qui elle fit construire dans son parc un élégant petit castel, et auquel elle destinait la vraie succession, la succession industrielle de feu Pierre Erard. Mais l'heureuse quiétude de cette digne femme fut tout à coup troublée par des procès et des deuils. Les procès, longs et compliqués, procès commerciaux bien entendu, furent enfin gagnés devant toutes les juridictions; mais aux inquiétudes qu'ils avaient causés succédèrent d'autres tristesses. Un voile lugubre va s'étendre sur la Muette, des tombes vont s'ouvrir les unes après les autres et transformer cet Eden en vallée de larmes.

Au mois d'octobre 1876, la famille de Franqueville est frappée par la mort, presque subite, de M. de Franqueville, père de l'époux de Mlle Schaeffer.

Une trêve semble accordée à la douleur par la naissance d'une fille que Mme de Franqueville, déjà mère de cinq enfants, dont quatre filles, met au monde, à la Muette, le 15 août 1877, et qui reçut les noms de Anne-Marie-Françoise-Sabine. Cet heureux évènement est suivi, en 1877, du gain d'un nouveau procès. En effet, un jugement de la Cour d'appel de Paris, infirmé en cassation, revient devant la Cour d'Amiens, qui, le 2 août 1878, rend un arrêt entièrement favorable à la veuve Erard, qui n'a plus à craindre les manœuvres déloyales d'un homonyme qui ne tendait à rien moins qu'à se substituer au célèbre fabricant.

Encore deux mois — 1er octobre 1878 — et la sœur d'Erard, la comtesse Spontini de San Andrea, veuve du célèbre compositeur, décède à la Muette dans sa quatre-vingt-troisième année.

Mme Erard, dont la bonté pour tous était si grande, dont la charité pour les pauvres était inépuisable, est morte à la Muette, le 13 octobre 1889.

Après la mort de son neveu, elle avait adopté sa nièce, Mme la comtesse de Franqueville, à laquelle elle a légué le château de la Muette.

L'ancien château royal, les bâtiments plus modernes et l'immense parc constituent toujours une splendide propriété, où les hôtes de la Muette peuvent encore emprunter au poète latin ses doux accents de grâce :

« *Deus nobis hæc otia fecit.* »

Poitiers, Août 1889.

O. L.

Paris, impr. Morel 19, Faubourg Saint-Denis.

www.ingramcontent.com/pod-product-compliance
Ingram Content Group UK Ltd.
Pitfield, Milton Keynes, MK11 3LW, UK
UKHW021104270726
13993UKWH00006B/1008